ARTICLES JUSTIFICATIFS

POUR

CHARLES BAUDELAIRE

AUTEUR DES

FLEURS DU MAL

ARTICLES JUSTIFICATIFS

CHARLES BAUDELAIRE

FLEURS DU MAL

Les quatre articles suivants, qui représentent la pensée de quatre esprits délicats et sévères, n'ont pas été composés en vue de servir de plaidoirie. Personne, non plus que moi, ne pouvait supposer qu'un livre empreint d'une spiritualité aussi ardente, aussi éclatante que *les Fleurs du mal*, dût être l'objet d'une poursuite, ou plutôt l'occasion d'un malentendu.

Deux de ces morceaux ont été imprimés ; les deux derniers *n'ont pas pu* paraître.

Je laisse maintenant parler pour moi MM. Edouard Thierry, Frédéric Dulamon, J. B. d'Aurevilly et Charles Asselineau. C. B.

......Mais vous n'êtes pas non plus les seules fleurs de la nature. Il y a aussi les fleurs des lieux malsains, celles qu'engendrent les cloaques impurs et délétères. Il y a la Flore des poisons et des végétaux vénéneux, la Flore du mal, et on voit où je veux en venir, au volume de poésies du traducteur d'Edgar Poe, aux *Fleurs du mal* de Ch. Baudelaire.

1

Supposez une fantaisie sinistre qui manque aux fantaisies du conteur américain, une imagination qui va de pair avec ses imaginations désordonnées ; supposez, dans un palais comme celui du prince Prospero, par exemple, à la suite des sept grandes salles éclairées du côté du corridor par leurs fenêtres flamboyantes, une serre de vitrage disposée pour servir de jardin d'hiver. La serre est un autre palais. Le maître, qui l'a fait construire au gré de son goût bizarre, n'a pas voulu y réunir les plantes précieuses, les fleurs qui réjouissent les sens par l'odorat et l'esprit par les yeux, les feuillages d'une douce et argentine verdure, les belles palmes, les grands éventails, les longues bannières flottantes, et les panaches inclinés de la végétation des Antilles. La nature pacifique a donné depuis longtemps ses plus riches échantillons. Il a voulu savoir ce que pouvait donner la nature meurtrière. Il a voulu développer les plantes funestes et qui portent le signe du mal dans leurs formes inquiétantes. Il a fait rechercher les écorces qui distillent des sucs dangereux, les ombrages qui exhalent le vertige et la fièvre. Il a créé des marécages tapissés de toutes les écumes, de toutes les mousses, de toutes les lies, de toutes les perles verdâtres de la corruption végétale. Il a ménagé des lieux bas et étouffés où des mouches de mille couleurs bourdonnent et imitent abominablement le mouvement de la respiration dans le ventre des bêtes mortes. D'un bout à l'autre de ce terrible jardin, une chaleur morne couve à la fois la pourriture et les parfums pénétrants qui se confondent, en sorte que les parfums révoltent et que les sens étonnés ont peur de se plaire à l'infection. Et cependant, de tous côtés pousse une floraison inouïe, des lianes merveilleuses et d'une force de production que l'on n'avait pas soupçonnée, des formes hideuses et superbes, des couleurs d'un éclat sinistre et auprès desquelles pâlirait toute autre couleur. Le maître du lieu a réalisé un Éden de l'enfer. La Mort s'y promène avec la Volupté sa sœur, toutes deux pareilles et défiant l'œil de distinguer celle qui attire ou celle qui repousse. La race de l'ancien serpent rampe meurtrie dans les allées, et, au milieu, l'arbre de la science pousse un dernier jet qui jaillit par miracle de son tronc foudroyé.

Je cherche à rendre l'impression du livre, je tâche d'être compris plutôt que je n'explique ma pensée. Le feuilleton parle pour tout le monde. Un livre comme *les Fleurs du mal* ne s'adresse pas à tous ceux qui lisent le feuilleton. En donnerai-je une idée plus précise? En rattacherai-je la forme au souvenir de quelque forme littéraire? Je la rattache et je le rattache lui-même à l'ode que Mirabeau a écrite dans le donjon de Vincennes. Il en a par moments l'audace, l'hallucination sombre, les beautés formidables et toujours la tristesse. C'est la tristesse qui le justifie et l'absout. Le poëte ne se réjouit pas devant le spectacle du mal. Il regarde le vice en face, mais comme un ennemi qu'il connaît bien et qu'il affronte. S'il le craint encore ou s'il a cessé de le craindre, je ne sais, mais il parle avec l'amertume d'un vaincu qui raconte ses défaites. Il ne dissimule rien. Il n'a rien oublié. Dans un temps où la littérature indiscrète a raconté au public les mœurs de la vie de bohême, les aventures de la baronne d'Ange et celles de Marguerite Gautier, il est venu après les amusants conteurs dire à son tour l'idylle à travers champs, l'églogue à côté d'une bête morte, le boudoir de la courtisane assassinée, et personne ne viendra plus après lui. Il a écrit la vérité dernière. Il ne s'est pas menti à lui-même. Il n'a menti à personne. Les fleurs du mal ont un parfum vertigineux. Il les a respirées, il ne calomnie pas ses souvenirs. Il aime son ivresse en se la rappelant, mais son ivresse est triste à faire peur. Il n'accuse pas autrement, il ne se plaint pas autrement, il est triste. Une lumière manque à son livre pour l'éclairer, une sorte de fable pour en déterminer le sens. S'il l'appelait *la Divine Comédie*, comme l'œuvre de Dante, si ses pécheresses les plus hardies étaient placées dans un des cercles de l'*Enfer*, le tableau même des Lesbiennes n'aurait pas besoin d'être retouché pour que le châtiment fût assez sévère. Du reste, et c'est par là que je termine, j'ai déjà rapproché de Mirabeau l'auteur des *Fleurs du mal*, je le rapproche de Dante, et je réponds que le vieux Florentin reconnaîtrait plus d'une fois dans le poëte français sa fougue, sa parole effrayante, ses images implacables et la sonorité de son vers d'airain. Je cherchais à louer Ch. Baudelaire, comment le louerais-je mieux? Je laisse son livre et son talent sous l'austère caution de Dante.

— 4 —

Je n'en dirai pas autant de *Denise*. On fait une fois *les Fleurs du mal*, un chef-d'œuvre de réalité sauvage, un livre du plus grand style et d'une férocité magistrale, on le fait (quand on peut le faire), on ne le recommence plus.

ÉDOUARD THIERRY.

(Le Moniteur universel, 14 juillet 1857.)

LES FLEURS DU MAL

Par M. Charles BAUDELAIRE.

Ce titre est significatif, et nous en remercions la loyauté du poëte : jamais mur bastionné ni grilles de fer n'ont interdit plus clairement aux voleurs l'entrée des propriétés, que le nom lugubre de ces vers en défend la lecture aux âmes pures et novices.

Quels sont donc les sujets que le poëte a traités? L'ennui qui dévore les âmes promptement rassasiées des joies vulgaires, et éprises de l'idéal ; — les fureurs de l'amour que font naître non les transports des sens ou l'épanouissement d'un cœur jeune et crédule, mais les raffinements d'une curiosité maladive; — l'expiation providentielle suspendue sur le vice frivole de l'individu, comme sur la corruption dogmatique des sociétés ; — la brutalité conquérante qui ignore les joies et la puissance du sacrifice; — les âmes cupides qui fraudent et calomnient les âmes droites et contemplatives ; — enfin, l'orgueil qui se dresse contre Dieu, et qui même, foudroyé, respire avec délices l'encens des malheureux qu'il abuse, des sophistes qu'il enlace, des superbes qu'il enivre. Nous fermons ici cette énumération ; les huit derniers morceaux consacrés au Vin et à la Mort n'ont plus rien de satanique. Et d'abord, c'est l'âme du vin qui chante dans la bouteille, promettant au travailleur la force, à sa compagne les fleurs de la santé, et les conviant tous deux à la prière qui jaillit spontanément d'un cœur ému. Viennent ensuite le chiffonnier, qui rêve dans l'ivresse gloire, batailles et royauté; — l'assassin, qui cherche dans le vin l'oubli du remords, et n'y trouve que les âcres ferments du délire et de l'impiété; — le poëte et l'amant, qui demandent au sang de la vigne tous les ravissements de l'esprit et de l'amour !

La Mort ferme le livre du poëte, comme elle ferme les courtes joies et les sinistres égarements de la vie. Les amants meurent au milieu des fleurs, le sourire aux lèvres, l'éclair prophétique dans les yeux, bercés sur l'aile de l'ange des dernières amours. Le pauvre salue la Mort comme la consolatrice divine; l'artiste espère par delà le tombeau l'achèvement de la destinée et un incorruptible avenir!

La Revue de Paris, la Revue des Deux Mondes, l'Artiste, la Revue française, ont publié avant l'apparition du livre quelques-uns des morceaux qui le composent, et aussitôt quelques clameurs discrètes mais concertées se sont fait entendre. « Le poëte a passé trente ans, et il se complaît dans la peinture du vice et de l'orgueil! il analyse curieusement les progrès de la décomposition cadavérique, il assimile les vices aux animaux impurs ou féroces! Pourquoi donc étaler toutes ces plaies hideuses de l'esprit, du cœur et de la matière?

Eh quoi! n'avez-vous pas de passe-temps plus doux? »

En vérité, ces reproches nous paraissent injustes : l'affirmation du mal n'en est pas la criminelle approbation. Les poëtes satiriques, les historiens, les dramaturges ont-ils jamais été accusés de tresser des couronnes pour les forfaits qu'ils peignent, qu'ils racontent, qu'ils produisent sur la scène? Est-ce Juvénal qui s'est prostitué aux portefaix de Rome, ou Shakspeare qui a tué Banco? En opposition avec une philosophie stérile, muette, superficielle, que nous enseigne la théologie chrétienne? Que l'homme volontairement déchu est la proie du mal, et que toutes les sources de son être ont été corrompues, le corps par la sensualité, l'âme par la curiosité indiscrète et l'orgueil. Les livres des théologiens sont pleins de tableaux où le vice est non pas légèrement indiqué, mais fouillé jusque dans ses plus mystérieuses profondeurs, disséqué jusque dans ses fibres les plus honteuses. Une sainte, trois fois canonisée par l'Église, sainte Brigitte, a bien osé nous montrer Jésus-Christ offrant à Satan une grâce pleine et entière, sous la condition d'une parole de repentir, et l'invincible orgueilleux se refusant à ces charges de la clémence divine! Tertullien et Bossuet ont suivi au delà du cadavre les traces du néant de l'homme. « Ce nom même de cadavre ne lui reste pas longtemps, parce qu'il exprime encore quelque forme humaine. Ce n'est plus bientôt qu'un je ne sais quoi qui n'a plus de nom dans aucune langue. » Oui, la théologie chrétienne décrit savamment le mal, pour nous en inspirer l'horreur, pour nous commander le retour laborieux au bien. Elle peint industrieusement les affres de la mort, le cadavre, le ver de la tombe, la décomposition de nos misérables restes ; en même temps elle éclaire toute cette pourriture d'un rayon d'immortalité (1), et nous montre les héros abattus par la mort, mais relevés par Dieu qui pardonne, plus triomphants qu'à Rocroy ou Austerlitz. Telles ne sont pas sans doute certaines doctrines mondaines ; elles prophétisent un progrès fatal pour se dispenser d'y collaborer, et ne croient pas au mal, parce qu'elles ignorent combien est âpre et infréquentée la route du bien. — Mais laissons toutes ces considérations et revenons à notre poëte, pour ne plus nous occuper que de ses vers et de son talent. Un mot suffira pour ceux qui ne l'ont pas lu. M. Baudelaire est depuis longtemps familiarisé avec tous les secrets de la métrique et toutes les délicatesses du langage ; esprit ouvert et écrivain laborieusement distingué, il nous paraît avoir condensé dans le morceau suivant quelques-unes de ses meilleures qualités.

DON JUAN AUX ENFERS.

Quand don Juan descendit vers l'onde souterraine,
Et lorsqu'il eut donné son obole à Caron,
Un sombre mendiant, l'œil fier comme Antisthène,
D'un bras vengeur et fort saisit chaque aviron.

Montrant leurs seins pendants et leurs robes ouvertes,
Des femmes se tordaient sous le noir firmament,
Et, comme un grand troupeau de victimes offertes,
Derrière lui traînaient un long mugissement.

(1) C'est ce que j'ai fait dans mon livre d'une manière lumineuse ; plusieurs morceaux non incriminés réfutent les poëmes incriminés. Un livre de poésie doit être apprécié dans son ensemble et *par sa conclusion*.   (C. B.)

Sganarelle, en riant, lui réclamait ses gages,
Tandis que don Luis, avec un doigt tremblant,
Montrait à tous les morts errant sur les rivages
Le fils audacieux qui railla son front blanc.

Frissonnant sous son deuil, la chaste et maigre Elvire,
Près de l'époux perfide et qui fut son amant,
Semblait lui réclamer un suprême sourire
Où brillât la douceur de son premier serment.

Tout droit dans son armure, un grand homme de pierre
Se tenait à la barre et coupait le flot noir;
Mais le calme héros, courbé sur sa rapière,
Regardait le sillage et ne daignait rien voir.

M. Baudelaire, déjà connu par une traduction remarquable et consciencieuse d'Edgar Poe, et par deux volumes de *Salons*, verra, nous le croyons, son nouvel appel à la publicité réunir les conditions de tout succès : injures passagères et suffrages durables.

M. Baudelaire a eu la fortune, et a l'honorable candeur de la redemander aux lettres. Il a visité l'Orient et gardé une vivante empreinte des splendeurs de la nature tropicale. Il a lu et relu d'excellents livres, Proclus, Joseph de Maistre, les grands poëtes de tous les temps. Il est, dans ses relations, tolérant, doux et obligeant. Il me rappelle ces beaux abbés du dix-huitième siècle, si corrects dans leur doctrine, si indulgents dans le commerce de la vie, l'abbé de Bernis, par exemple. Toutefois, il fait mieux les vers, et n'aurait pas demandé à Rome la destruction de l'ordre des Jésuites.

F. DULAMON.

(*Le Présent*, 23 juillet 1857.)

« Mon cher Baudelaire,

» Je vous envoie l'article que vous m'avez demandé et qu'une convenance, facile
» à comprendre, a empêché *le Pays* de faire paraître, puisque vous étiez en cause.
» Je serais bien heureux, mon cher ami, si cet article avait un peu d'influence sur
» l'esprit de celui qui va vous défendre et sur l'opinion de ceux qui seront appelés à
» vous juger.

» Tout à vous, «

» Jules BARBEY D'AUREVILLY. »

LES FLEURS DU MAL

Par M. Charles BAUDELAIRE.

24 juillet 1857.

I

S'il n'y avait que du talent dans les *Fleurs du mal* de M. Charles
Baudelaire, il y en aurait certainement assez pour fixer l'attention de
la Critique et captiver les connaisseurs; mais dans ce livre difficile à
caractériser tout d'abord, et sur lequel notre devoir est d'empêcher
toute confusion et toute méprise, il y a bien autre chose que du talent
pour remuer les esprits et les passionner... M. Charles Baudelaire, le
traducteur des œuvres complètes d'Edgar Poe, qui a déjà fait connaître
à la France le bizarre conteur, et qui va incessamment lui faire connaître le puissant poète dont le conteur était doublé, M. Baudelaire qui,
de génie, semble le frère puîné de son cher Edgar Poe, avait déjà épar-
pillé, çà et là, quelques-unes des poésies qu'il réunit et qu'il publie.
On sait l'impression qu'elles produisirent alors. A la première apparition, à la première odeur de ces *Fleurs du mal*, comme il les nomme,
de ces fleurs (il faut bien le dire, puisqu'elles sont les *Fleurs du mal*

2

horribles de fauve éclat et de senteur, on cria de tous les côtés à l'as-
phyxie et que le bouquet était empoisonné! Les moralités délicates
disaient qu'il allait tuer comme les tubéreuses tuent les femmes en
couche, et il tue en effet de la même manière. C'est un préjugé. A une
époque aussi dépravée par les livres que l'est la nôtre, les *Fleurs du mal*
n'en feront pas beaucoup, nous osons l'affirmer. Et elles n'en feront
pas, non-seulement parce que nous sommes les Mithridates des
affreuses drogues que nous avons avalées depuis vingt-cinq ans, mais
aussi pour une raison beaucoup plus sûre, tirée de l'accent, — de la
profondeur d'accent d'un livre qui, selon nous, doit produire l'effet
absolument contraire à celui que l'on affecte de redouter. N'en croyez
le titre qu'à moitié! Ce ne sont pas les *Fleurs du mal* que le livre de
M. Baudelaire. C'est le plus violent extrait qu'on ait jamais fait de
ces fleurs maudites. Or, la torture que doit produire un tel poison
sauve des dangers de son ivresse!

Telle est la moralité, inattendue, involontaire peut-être, mais cer-
taine, qui sortira de ce livre cruel et osé dont l'idée a saisi l'imagination d'un artiste! Révoltant comme la vérité, qui l'est souvent, hélas!
dans le monde de la Chute, ce livre sera moral à sa manière; et ne
souriez pas! cette manière n'est rien moins que celle de la Toute-Puis-
sante Providence elle-même, qui envoie le châtiment après le crime,
la maladie après l'excès, le remords, la tristesse, l'ennui, toutes les
hontes et toutes les douleurs qui nous dégradent et nous dévorent
pour avoir transgressé ses lois. Le poëte des *Fleurs du mal* a exprimé,
les uns après les autres, tous ces faits divinement vengeurs. Sa Muse
est allée les chercher dans son propre cœur entr'ouvert, et elle les a
tirés à la lumière d'une main aussi impitoyablement acharnée que
celle du Romain qui tirait hors de lui ses entrailles. Certes! l'auteur
des *Fleurs du mal* n'est pas un Caton. Il n'est ni d'Utique, ni de Rome.
Il n'est ni le Stoïque, ni le Censeur. Mais quand il s'agit de déchirer
l'âme humaine à travers la sienne, il est aussi résolu et aussi impassible que celui qui ne déchira que son corps, après une lecture de
Platon. La Puissance qui punit la vie est encore plus impassible que
lui! Ses prêtres, il est vrai, prêchent pour elle. Mais elle-même ne

s'atteste à nous que par les coups dont elle nous frappe. Voilà *ses voix!* comme dit Jeanne d'Arc. Dieu, c'est le talion infini. On a voulu le mal et le mal engendre. On a trouvé bon le vénéreux nectar, et l'on en a pris à si haute dose, que la nature humaine en craque et qu'un jour elle s'en dissout tout à fait! On a semé la graine amère, on recueille les fleurs funestes. M. Baudelaire, qui les a cueillies et recueillies, n'a pas dit que ces *Fleurs du mal* étaient belles, qu'elles sentaient bon, qu'il fallait en orner son front, en emplir ses mains, et que c'était là la sagesse. Au contraire, en les nommant, il les a flétries. Dans un temps où le sophisme raffermit la lâcheté et où chacun est le doctrinaire de ses vices, M. Baudelaire n'a rien dit en faveur de ceux qu'il a moulés si énergiquement dans ses vers. On ne l'accusera pas de les avoir rendus aimables. Ils y sont hideux, nus, tremblants, à moitié dévorés par eux-mêmes, comme on les conçoit dans l'Enfer. C'est là en effet l'avancement d'hoirie infernale que tout coupable a de son vivant dans la poitrine. Le poète, terrible et terrifié, a voulu nous faire respirer l'abomination de cette épouvantable corbeille qu'il porte, pâle canéphore, sur sa tête, hérissée d'horreur. C'est là réellement un grand spectacle! Depuis le coupable cousu dans un sac qui déferlait sous les ponts humides et noirs du Moyen Age, en criant qu'il fallait laisser passer une justice, on n'a rien vu de plus tragique que la tristesse de cette poésie coupable, qui porte le faix de ses vices sur son front livide. Laissons-la donc passer aussi! On peut la prendre pour une justice, — la justice de Dieu!

II

Après avoir dit cela, ce n'est pas nous qui affirmerons que la poésie des *Fleurs du mal* est de la poésie personnelle. Sans doute, étant ce que nous sommes, nous portons tous (et même les plus forts) quelque lambeau saignant de notre cœur dans nos œuvres, et le poète des *Fleurs du mal* est soumis à cette loi comme chacun de nous. Ce que nous venons seulement à constater, c'est que contrairement au plus grand nombre des lyriques actuels, si préoccupés de leur égoïsme et de leurs

pauvres petites impressions, la poésie de M. Baudelaire est moins l'é-
panchement d'un sentiment individuel qu'une ferme conception de son
esprit. Quoique très-lyrique d'expression et d'élan, le poëte des *Fleurs
du mal* est, au fond, un poëte dramatique. Il en a l'avenir. *Son livre
actuel est un drame anonyme dont il est l'acteur universel*, et voilà
pourquoi il ne chicane ni avec l'horreur, ni avec le dégoût, ni avec
rien de ce que peut produire de plus hideux la nature humaine cor-
rompue. Shakspeare et Molière n'ont pas chicané non plus avec le
détail révoltant et l'expression quand ils ont peint l'un, son Iago,
l'autre, son Tartufe. Toute la question pour eux était celle-ci : « Y a-
t-il des hypocrites et des perfides ? » S'il y en avait, il fallait bien qu'ils
s'exprimassent comme des hypocrites et des perfides. C'étaient des
scélérats qui parlaient; les poëtes étaient innocents! Un jour même
(l'anecdote est connue), Molière le rappela à la marge de son Tartufe,
en regard d'un vers par trop odieux, et M. Baudelaire a eu la faiblesse... ou la précaution de Molière.

Dans ce livre, où tout est en vers jusqu'à la préface, on trouve une
note en prose qui ne peut laisser aucun doute non-seulement sur la
manière de procéder de l'auteur des *Fleurs du mal*, mais encore sur
la notion qu'il s'est faite de l'Art et de la Poésie ; car M. Baudelaire est
un artiste de volonté, de réflexion et de combinaison avant tout. « Fi-
» dèle, — dit-il, — à son *douloureux programme*, l'auteur des *Fleurs
» du mal* a dû, en *parfait comédien*, façonner son esprit à tous les so-
» phismes comme à toutes les corruptions. » Ceci est positif. Il n'y a que
ceux qui ne veulent pas comprendre, qui ne comprendront pas. Donc,
comme le vieux Gœthe, qui se transforma en marchand de pastilles
turc dans son *Divan*, et nous donna ainsi un livre de poésie, —
plus dramatique que lyrique aussi, et qui est peut-être son chef-d'œuvre,
— l'auteur des *Fleurs du mal* s'est fait scélérat, blasphémateur, im-
pie, par la pensée, absolument comme Gœthe s'est fait Turc. Il a
joué une comédie, mais c'est la comédie sanglante dont parle Pascal.
Ce profond rêveur qui est au fond de tout grand poëte s'est demandé en M. Baudelaire ce que deviendrait la poésie en passant par
une tête organisée, par exemple, comme celle de Caligula ou d'Hélio-

gabale, et les *Fleurs du mal*, — ces monstrueuses, — se sont épanouies pour l'instruction et l'humiliation de nous tous ; car il n'est pas inutile, allez ! de savoir ce qui peut fleurir dans le fumier du cerveau humain, décomposé par nos vices. C'est une bonne leçon. Seulement, par une inconséquence qui nous touche et dont nous connaissons la cause, il se mêle à ces poésies, imparfaites par là au point de vue absolu de leur auteur, des cris d'âme chrétienne, malade d'infini, qui rompent l'unité de l'œuvre terrible, et que Caligula et Héliogabale n'auraient pas poussés. Le christianisme nous a tellement pénétrés, qu'il fausse jusqu'à nos conceptions d'art volontaire, dans les esprits les plus énergiques et les plus préoccupés. S'appelât-on l'auteur des *Fleurs du mal*, — un grand poëte qui ne se croit pas chrétien et qui, dans son livre, positivement ne *veut* pas l'être, — on n'a pas impunément dix-huit cents ans de christianisme derrière soi. Cela est plus fort que le plus fort de nous ! On a beau être un artiste redoutable, au point de vue le plus arrêté, à la volonté la plus soutenue, et s'être juré d'être athée comme Shelley, forcené comme Leopardi, impersonnel comme Shakspeare, indifférent à tout, excepté à la beauté, comme Gœthe, on va quelque temps ainsi, — misérable et superbe, — comédien à l'aise dans le masque réussi de ses traits grimés ; — mais il arrive que, tout à coup, au bas d'une de ses poésies le plus amèrement calmes ou le plus cruellement sauvages, on se retrouve chrétien dans une demi-teinte inattendue, dans un dernier mot qui détonne, — mais qui détonne pour nous délicieusement dans le cœur :

> Ah ! Seigneur ! donnez-moi la force et le courage
> De contempler mon cœur et mon corps sans dégoût !

Cependant, nous devons l'avouer, ces inconséquences, presque fatales, sont assez rares dans le livre de M. Baudelaire. L'artiste, vigilant et d'une persévérance inouïe dans la fixe contemplation de son idée, n'a pas été trop vaincu.

III

Cette idée, nous l'avons dit déjà par tout ce qui précède, c'est le pessimisme le plus achevé. La littérature *satanique*, qui date d'assez loin déjà, mais qui avait un côté romanesque et faux, n'a produit que des contes pour faire frémir ou des bégayements d'enfançon, en comparaison de ces réalités effrayantes et de ces poésies nettement articulées où l'érudition du mal en toutes choses se mêle à la science des mots et du rhythme. Car pour M. Charles Baudelaire, appeler un art sa savante manière d'écrire en vers ne dirait point assez. C'est presque un artifice. Esprit d'une laborieuse recherche, l'auteur des *Fleurs du mal* est un retors en littérature, et son talent, qui est incontestable, travaillé, ouvragé, compliqué avec une patience de Chinois, est lui-même une fleur du mal venue dans les serres chaudes d'une Décadence. Par la langue et le *faire*, M. Baudelaire, qui salue, à la tête de son recueil, M. Théophile Gautier pour son maître, est de cette École qui croit que tout est perdu, *et même l'honneur*, à la première rime faible, dans la poésie la plus élancée et la plus vigoureuse. C'est un de ces matérialistes raffinés et ambitieux qui ne conçoivent guère qu'une perfection, — la perfection matérielle, — et qui savent parfois la réaliser ; mais par l'inspiration il est bien plus profond que son école, et il est descendu si avant dans la sensation, dont cette école ne sort jamais, qu'il a fini par s'y trouver seul, comme un lion d'originalité. Sensualiste, mais le plus profond des sensualistes, et enragé de n'être que cela, l'auteur des *Fleurs du mal* va dans la sensation jusqu'à l'extrême limite, jusqu'à cette mystérieuse porte de l'Infini à laquelle il se heurte, mais qu'il ne sait pas ouvrir, et de rage il se replie sur la langue et passe ses fureurs sur elle. Figurez vous cette langue, plus plastique encore que poétique, maniée et taillée comme le bronze et la pierre, et où la phrase a des enroulements et des cannelures ; figurez-vous quelque chose du gothique fleuri ou de l'architecture moresque appliqué à cette simple construction qui a un sujet, un régime et un verbe ; puis, dans ces enroulements et ces cannelures d'une phrase qui prend les formes les plus variées comme les prendrait un cristal, supposez tous les piments, tous les alcools, tous les poisons, minéraux, végétaux, animaux, et ceux-là les plus riches et les plus abondants, si on pouvait des voir, qui se tirent du cœur de l'homme, et vous avez la poésie de M. Baudelaire, cette poésie sinistre et violente, déchirante et meurtrière dont rien n'approche dans les plus noirs ouvrages de ce temps qui se sent mourir. Cela est, dans sa férocité intime, d'un ton inconnu en littérature. Si à quelques places, comme dans la pièce *la Géante* ou dans *Don Juan aux enfers*, — un groupe de marbre blanc et noir, — une poésie de pierre, *di sasso*, comme le commandeur, — M. Baudelaire rappelle la forme de M. V. Hugo, mais condensée et surtout purifiée ; si à quelques autres, comme *la Charogne*, la seule poésie spiritualiste du recueil, dans laquelle le poëte se venge de la pourriture abhorrée par l'immortalité d'un cher souvenir :

> Alors, ô ma beauté ! dites à la vermine,
> Qui vous mangera de baisers,
> Que j'ai gardé la forme et l'essence divine
> De mes amours décomposés,

on se souvient de M. Auguste Barbier, partout ailleurs l'auteur des *Fleurs du mal* est lui-même et tranche fièrement sur tous les talents de ce temps. Un critique le disait l'autre jour (M. Thierry, du *Moniteur*), dans une appréciation supérieure : pour trouver quelque parenté à cette poésie implacable, à ce vers brutal, condensé et sonore, ce vers d'airain qui sue du sang, il faut remonter jusqu'au Dante, *Magnus Parens!* C'est l'honneur de M. Charles Baudelaire d'avoir pu évoquer, dans un esprit délicat et juste, un si grand souvenir !

Il y a du Dante, en effet, dans l'auteur des *Fleurs du mal*, mais c'est du Dante d'une époque déchue, c'est du Dante athée et moderne, du Dante venu après Voltaire, dans un temps qui n'aura point de saint Thomas. Le poëte de ces *fleurs*, qui ulcèrent le sein sur lequel elles reposent, n'a pas la grande mine de son majestueux devancier, et ce n'est pas sa faute. Il appartient à une époque troublée, sceptique, railleuse, nerveuse, qui se tortille dans les ridicules espérances des transformations et des métempsycoses ; il n'a pas la foi du grand poëte catholique qui lui donnait le calme auguste de la sécurité dans toutes les douleurs de la vie. Le caractère de la poésie des *Fleurs du mal*, a l'exception de quelques rares morceaux que le désespoir a fini par glacer, c'est le trouble, c'est la furie, c'est le regard convulsé, et non pas le regard sombrement clair et limpide du Visionnaire de Florence. La Muse du Dante a rêveusement vu l'Enfer, celle des *Fleurs du mal* le respire d'une narine crispée comme celle du cheval qui hume l'obus! L'une vient de l'enfer, l'autre y va. Si la première est plus auguste, l'autre est peut-être plus émouvante. Elle n'a pas le merveilleux épique qui enlève si haut l'imagination et calme ses terreurs dans la sérénité dont les génies, tout à fait exceptionnels, savent revêtir leurs œuvres les plus passionnées. Elle a, au contraire, d'horribles réalités que nous connaissons, et qui dégoûtent trop pour permettre même l'accablante sérénité du mépris. M. Baudelaire n'a pas voulu être dans son livre des *Fleurs du mal* un poëte satirique, et il l'est pourtant, sinon de conclusion et d'enseignement, au moins de soulèvement d'âme, d'imprécations et de cris. Il est *le misanthrope de la vie coupable, et souvent on s'imagine, en le lisant, que si Timon d'Athènes avait eu le génie d'Archiloque, il aurait pu écrire ainsi sur la nature humaine et l'insulter en la racontant!*

IV

Nous ne pouvons ni ne voulons rien citer du recueil de poésies en question, et voici pourquoi : une pièce citée n'aurait que sa valeur individuelle, et il ne faut pas s'y méprendre, dans le livre de M. Baudelaire, chaque poésie a, de plus que la réussite des détails ou la fortune de la pensée, *une valeur très-importante d'ensemble et de situation* qu'il ne faut pas lui faire perdre, en la détachant. Les artistes qui voient les lignes sous le luxe et l'efflorescence de la couleur percevront très-bien qu'il y a ici *une architecture secrète*, un plan calculé par le poëte, méditatif et volontaire. Les *Fleurs du mal* ne sont pas à la suite les unes des autres comme tant de morceaux lyriques, dispersés par l'inspiration, et ramassés dans un recueil sans d'autre raison que de les réunir. Elles sont moins des poésies qu'une œuvre poétique *de la plus forte unité*. Au point de vue de l'Art et de la sensation esthétique, elles perdraient donc beaucoup à n'être pas lues *dans l'ordre* où le poëte, qui sait bien ce qu'il fait, les a rangées. Mais elles perdraient bien davantage *au point de vue de l'effet moral* que nous avons signalé au commencement de cet article.

Cet effet, sur lequel il importe beaucoup de revenir, gardons-nous bien de l'énerver. Ce qui empêchera le désastre de ce poison, servi dans cette coupe, c'est sa force! L'esprit des hommes, qu'il bouleverserait en atomes, n'est pas capable de l'absorber dans de telles proportions, sans le revomir, et une telle contraction donnée à l'esprit de ce temps, affadi et débilité, peut le sauver en l'arrachant par l'horreur à sa lâche faiblesse. Les solitaires ont auprès d'eux des têtes de mort, quand ils dorment. Voici un Rancé, sans la foi, qui a coupé la tête à l'idole matérielle de sa vie ; qui, comme Caligula, a cherché dedans ce qu'il aimait et qui crie du néant de tout, en la regardant! Croyez-vous donc que ce ne soit pas là quelque chose de pathétique et de salutaire?... Quand un homme et une poésie en sont descendus jusque-là, — quand ils ont dévalé si bas, dans la conscience de l'incurable malheur qui est au fond de toutes les voluptés de l'existence, poésie et homme ne peuvent plus que remonter. M. Charles Baudelaire n'est pas un de ces poëtes qui n'ont qu'un livre dans le cerveau et qui vont le rabâchant toujours. Mais qu'il ait desséché sa veine poétique (ce que nous ne pensons pas) parce qu'il a exprimé et tordu le cœur de l'homme lorsqu'il n'est plus qu'une éponge pourrie, ou qu'il l'ait, au contraire, survidée d'une première écume, il est tenu de se taire maintenant, — car il a dit les mots suprêmes sur le mal de la vie, — ou de parler un autre langage. Après *les Fleurs du mal*, il n'y a plus que deux partis à prendre pour le poëte qui les fit éclore : on se brûler la cervelle..... ou se faire chrétien !

J. BARBEY D'AUREVILLY.

LES FLEURS DU MAL

Par M. Charles BAUDELAIRE.

I

Les poésies de Ch. Baudelaire étaient depuis longtemps attendues du public, j'entends de ce public qui s'intéresse encore à l'art et pour qui c'est encore quelque chose que l'avénement d'un poëte.

Et, à ce sujet, ne calomnions pas trop la société actuelle. Il est difficile que quelque chose de beau ou de bon se produise sans que cette société, qu'on dit si matérielle et si endormie, n'en reçoive quelque agitation. Je vais plus loin. Je suis étonné de sa bonne volonté à faire des succès et à se laisser duper par le mot d'ordre de ceux qu'elle investit de la fonction de l'éclairer. On lui sert des tragédies vulgaires, sans invention et sans style; on lui dit : C'est du Corneille; elle y va, et elle applaudit. Un peintre étale au beau milieu d'un salon une toile ambitieuse, d'un dessin douteux et d'une couleur équivoque, on dit au public : C'est du Véronèse; il s'y rue, et il applaudit. Combien de fois n'avons-nous pas vu dans ces dernières années la foule se porter en masse et en hâte dans les théâtres, dans les ateliers, chez les libraires, sur l'avis trompeur d'un farceur ou d'un intéressé; et là, en présence du chef-d'œuvre, s'écarquiller les oreilles et les yeux, le cou tendu, la poitrine contenue, ne demandant qu'à se laisser violer dans son indifférence! Est-ce sa faute si l'enthousiasme ne lui vient pas, et si le lendemain ses bras laissent tomber le pavois qu'ils avaient élevé la veille? A-t-elle manqué à Félicien David, à Daubigny, à Jean-François Millet, à Victor de Laprade? Ne fait-elle pas fête chaque soir à Weber, qu'on vient de lui rendre? Tout récemment encore, n'a-t-elle pas fait accueil à Gustave Flaubert?

Ce qui manque aujourd'hui aux hommes d'un vrai mérite, aux artistes graves et convaincus, ce n'est donc pas le bon vouloir du public ; le public ne demande qu'à faire des succès, parce qu'il veut jouir. Ce qui leur manque, c'est le concours loyal, désintéressé de ceux à qui le public, trop occupé et trop affairé, a dévolu la charge de l'éclairer et de l'avertir, de faire pour lui le dépouillement des réputations, et qui, à force de lui crier au loup pour des ombres, finissent par l'endormir dans son indifférence.

Longtemps avant que les Revues eussent publié des vers de M. Baudelaire, on savait qu'il existait quelque part, dans les entrailles fécondes de cette ville qui contiennent tant de germes pour l'avenir, un poëte original, un esprit bien trempé, trop poëte ou trop artiste selon quelques-uns, mais dont les qualités vivaces et surabondantes devaient faire diversion à l'ennui et à la médiocrité générale. Le public, nous en sommes témoins, s'est entretenu dix ans dans cette attente. Les extraits donnés par les journaux ont soutenu cette réputation naissante.

Nous n'avons pas voulu, pour apprécier le talent de M. Baudelaire, attendre l'impression du public. Sans doute on criera à l'exagération. Mais est-ce dans ces temps de médiocrité prolixe de la poésie officielle, de la poésie des salons et des académies, est-ce bien d'une surabondance de séve que nous avons à nous plaindre? N'est-il pas vrai qu'il en est aujourd'hui de la poésie comme de la peinture? Tout le monde peint bien, dit l'un, tout le monde fait bien les vers, répond l'autre. Oui, si par bien peindre et être bon poëte, on peut entendre ne manquer ostensiblement à aucune règle convenue, s'exprimer couramment dans le langage de tout le monde et savoir relier habilement par des procédés connus des phrases apprises et des poncis. *Tout le monde peint bien* parce que tout le monde a été à l'école, a visité les musées et a la tête meublée de souvenirs. Or, la mémoire est une faculté calme qui ne fait pas trembler la main comme l'imagination. Nos artistes mettent sur leur palette du Rubens, du Rembrandt, du Cuyp, du Van Ostade, etc., etc. Ils s'entourent de gravures. Comment, avec cela, en y ajoutant un peu de goût et les traditions de l'école, ne réussiraient-ils pas auprès de la foule? Mais regardez d'un peu près les œuvres de ces habiles peintres, appliquez-leur la méthode de jugement qui résulte de l'étude des maîtres, et vous découvrirez qu'ils n'ont ni unité, ni science, ni sincérité, ni idéal, ni bonne foi, ni art de composition, rien, en un mot, de ce qui constitue, non pas le grand peintre, mais le peintre. *Tout le monde écrit bien* parce que tout le monde sait lire, et que, depuis trois cents ans que l'on imprime, bon nombre de sentiments et de nuances de sentiments ont été exprimés par de grands écrivains. N'est-ce pas le sublime du genre scolastique et académique que d'emprunter la pompe à Bossuet, la concision à la Bruyère, la profondeur à Pascal, l'ironie à Voltaire, la passion à Rousseau, etc., etc.? De sorte qu'à force d'exprimer ses propres sentiments avec le langage des maîtres, on arrive à penser à leurs frais et finalement à ne plus penser du tout. Disons-le franchement, depuis Louis XIV la poésie française se meurt de *correction* (1). Et lorsque, au commencement de ce siècle, l'auteur des *Orientales* et de *Hernani* est venu régénérer la langue poétique en lui rendant tout ce qu'elle avait perdu en 1660, le pittoresque, la propriété, le grotesque, on l'a traité de barbare et de topinambou. Que penseront nos neveux lorsqu'ils trouveront dans les journaux du temps, à l'adresse du *plus grand inventeur de rhythmes que la France ait eu depuis Ronsard*, les épithètes de sauvage et d'Iroquois? Que penseront-ils surtout de cette plaisanterie, banale alors, du mot coupé par l'hémistiche, appliquée au versificateur le plus sévère de l'époque? Comme il n'est pas de brevet pour l'invention poétique, il n'est aujourd'hui fils de bonne maison, pourvu du grade de bachelier ès lettres, et ayant un peu de lecture, qui ne parvienne à coudre convenablement ensemble quelques hémistiches de nos poëtes modernes. C'est le même procédé que ci-dessus, pour la prose : on exprime sa mélancolie aux dépens de Lamartine, son ironie avec de Musset, son indignation avec Barbier, son scepticisme avec Théophile Gautier.

---

(1) Je n'entends pas la correction prosodique, ni même la rectitude des pensées, mais une sorte de régularité conforme aux modèles.

Chacun a fait son petit *Lac*, son petit *Pas d'armes du roi Jean*, son petit *Iambe*, sa petite *Comédie de la Mort*, sa petite *Ballade à la lune*. On emprunte les pensées avec le langage; ou plutôt on se sert d'une langue riche pour déguiser le néant de sa pensée et la nullité de son tempérament. A part quatre ou cinq noms que je me dispense de citer, mais que chacun connaît, je demande si, dans les essais poétiques qui se sont manifestés dans ces dernières années, il est possible de voir autre chose que réminiscences et pastiches. N'est-ce pas toujours la mélancolie de Lamartine, la rêverie de Laprade, la mysticité de Sainte-Beuve, l'ironie de de Musset, la sérénité de Théodore de Banville? Eh bien! je le déclare, en présence d'une moutonnerie si persistante, le poète qui met la main sur mon cœur, dût-il l'égratigner un peu, irriter mes nerfs et me faire sauter sur mon siége, me semblera toujours préférable à cette poésie, irréprochable sans doute, mais insipide, sans parfum et sans couleur, et qui vous coule entre les mains comme de l'eau.

Je ne ferai donc point le procès à M. Baudelaire pour ses *exagérations*. Tous les tempéraments excessifs, tous les talents volontaires impliquent certains défauts auxquels les meilleurs conseils ne sauraient remédier. Il faut en pareil cas supprimer le poète ou garder les défauts. Les défauts de M. Delacroix sautent aux yeux : le premier venu peut apercevoir dans sa peinture des audaces, des négligences, la laideur des visages; mais il a fallu vingt ans pour faire comprendre sa tonalité savante et l'intensité de ses compositions. Je préfère, à propos de M. Charles Baudelaire, m'occuper de signaler et d'expliquer ce que je vois de beau et de rare dans son talent, plutôt que de perdre mon temps à relever des taches qu'on verra bien sans que je m'en mêle, et que la charité de tels de nos confrères saura merveilleusement faire valoir. J'ai d'ailleurs, pour agir ainsi, une excuse excellente, l'exemple du recueil même qui me prend aujourd'hui pour organe. Lorsque *la Revue des Deux Mondes* publia, l'an dernier, quelques-unes des poésies de M. Baudelaire, elle les fit précéder d'une note un peu prude, et dans tous les cas fort maladroite. *La Revue française* s'est conduite plus franchement : elle a choisi, c'était son droit; mais, son choix fait, elle l'a publié sans commentaire.

II

Le livre des *Fleurs du mal* contient tout juste cent pièces, parmi lesquelles un assez grand nombre de sonnets, et dont la plus longue excède à peine cent vers. Si je m'arrête tout d'abord à ce résultat, c'est qu'en s'ajoutant à d'autres observations, elle confirme une opinion que j'ai depuis longtemps sur l'avenir de la poésie. Cette opinion, qui n'est point une simple conjecture, mais une induction tirée du développement de l'histoire, est qu'à mesure que le nombre des lecteurs augmente, à mesure que le livre imprimé, en se répandant, convertit les auditeurs impressionnables, *passionnables*, en lecteurs méditatifs et réfléchis, la poésie doit concentrer son essence et restreindre son développement. Je ne prétends pas, — ce qu'on ne manquerait pas de me faire dire si je ne revenais sur mon assertion, — que la poésie doive devenir un art purement plastique. Mais du moins elle doit resserrer ses moyens plastiques comme son inspiration. La poésie à grandes proportions, la poésie épique, est celle des peuples, non pas barbares, mais peu liseurs, ou qui ne savent pas encore lire et qui sont naturellement plus saisissables par la passion que par la réflexion; c'est la poésie des époques héroïques; c'est aussi la poésie des peuples opprimés ou asservis, et c'est pour cela peut-être que la France n'a pas de poème épique. — Le poëme didactique est un jeu de rhétoricien qui ne peut être *poétique* qu'épisodiquement. — Quant au poème démonstratif ou persuasif, à la poésie de propagande, au poëme-sermon, au poëme-pamphlet, ne sont-ils pas devenus ridicules aujourd'hui qu'un article de journal ou une simple brochure renseigne plus vite et plus nettement? La philosophie ni la science n'ont affaire de la Muse.

> Des savants, des docteurs les mystères terribles
> D'*ornements egayés* ne sont point susceptibles.

Répétons-le, car on ne saurait trop le dire, la découverte de l'impri-

merie, en mettant aux mains des hommes un moyen direct et expédi-
tif de communiquer leur pensée, a destitué les arts de toute mission
de propagande ou d'enseignement. Ce que disaient autrefois les bas-
reliefs d'une cathédrale, les fresques d'un édifice, ce que chantaient
les rhapsodes et les trouvères, qui n'étaient pas toujours des poëtes,
le livre aujourd'hui le dit plus clairement et plus vite. Toutes les fois
qu'il s'agira de s'instruire et de comprendre, il sera toujours plus tôt
fait de lire un *traité* que de dégager la moelle instructive des *ornements
égayés* de la muse. Du jour où le livre fut inventé, les arts émancipés
ont eu chacun un domaine séparé que le voisin ne peut envahir qu'à
la condition de se suicider. L'allusion politique tue le poëme, dont elle
fait un pamphlet; la prédication tue le drame, en en faisant un traité
de morale. Quel profit Voltaire, eût-il eu tout le génie poétique qui lui
manquait, pouvait-il attendre de sa *Henriade* alors que les mémoires
sur la Ligue étaient déjà dans toutes les mains? Qui songe à relire, autrement que par curiosité littéraire, les lourds poëmes didactiques de
Saint-Lambert, de Lemierre et de Delille, depuis que nous avons une
Maison rustique, des dictionnaires, une littérature scientifique?

Désormais divorcée d'avec l'enseignement historique, philosophique
et scientifique, la poésie se trouve ramenée à sa fonction naturelle et
directe, qui est de réaliser pour nous la vie complémentaire du rêve,
du souvenir, de l'espérance, du désir; de donner un corps à ce qu'il y
a d'insaisissable dans nos pensées et de secret dans le mouvement de
nos âmes; de nous consoler ou de nous châtier par l'expression de
l'idéal ou par le spectacle de nos vices. Elle devient, non pas *individuelle*, suivant la prédiction un peu hasardeuse de l'auteur de *Jocelyn*,
mais *personnelle*, si nous sous-entendons que l'âme du poëte est nécessairement une âme collective, une corde sensible et toujours tendue
que font vibrer les passions et les douleurs de ses semblables.

Cette vérité, que j'essaye de prouver par le raisonnement, est dé-
montrée d'ailleurs par l'exemple et par la transformation progressive
de la poésie moderne. Qu'ont fait depuis trente ans Lamartine, Hugo,
de Vigny, Sainte-Beuve, Théophile Gautier, qu'écrire en des œuvres
fragmentaires, limitées, l'histoire de l'âme humaine, qu'exprimer dans

une forme de plus en plus serrée et de plus en plus *parfaite*, impressions, rêves, aspirations, regrets, depuis la passion la plus vive jusqu'à la rêverie la plus vague? Les uns et les autres ont tâté le pouls à l'humanité et en ont noté les pulsations dans un rhythme précis, sonore ou coloré. Car c'est la conséquence forcée de cette évolution finale de la poésie, de nécessiter une exécution plus ferme et une plastique plus serrée. Le vers négligé, mou, le *versus pedestris* du dix-huitième siècle, qui convient si bien à la muse décrépite de l'abbé Delille et de ses imitateurs, n'est plus de mise dans un poème court destiné à frapper l'esprit des lecteurs par une succession rapide d'images intenses.

Je félicite M. Baudelaire d'avoir compris ces conditions nouvelles de la poésie, car c'est assurément une preuve de force que de se trouver du premier coup à la hauteur de son temps.

III

La poésie de M. Baudelaire, profondément imagée, vivace et vivante, possède à un haut degré ces qualités d'intensité et de spontanéité que je demande au poëte moderne.

Il a les dons rares, et qui sont des grâces, de l'évocation et de la pénétration. Sa poésie, concise et brillante, s'impose à l'esprit comme une image forte et logique. Soit qu'il évoque le souvenir, soit qu'il fleurisse le rêve, soit qu'il tire des misères et des vices du temps un idéal terrible, impitoyable, toujours la magie est complète, toujours l'image abondante et riche se poursuit rigoureusement dans ses termes.

On dira que parfois le ton est poussé au noir, ou au rouge, et que le poëte semble se complaire à irriter les plaies où il a glissé la sonde. Mais, à notre tour, prenons garde à ne pas tomber dans l'exagération. Je sais bien que les satires de d'Aubigné, non plus que celles de Régnier, non plus que certaines pièces de Saint-Amant ou même de Ronsard, ne pourraient guère paraître dans nos revues actuelles. Et cependant chacun les a dans sa bibliothèque et s'en fait honneur. Les poëtes en ce temps-là n'écrivaient que pour les poëtes ou pour les âmes assez grandes pour comprendre l'Art. Nous avons inventé un mode de publication qui s'adresse à tous indistinctement, à l'homme du monde comme à l'artiste, aux jeunes filles comme aux érudits. Est-ce une raison pour retrancher de la poésie moderne tout un ordre de compositions qui a ses précédents, ses chefs-d'œuvre, j'allais dire ses classiques, et qui d'ailleurs répond si directement à une série de passions et de phénomènes? Devons-nous supprimer la satire et nous interdire l'étude de toute une moitié de l'âme humaine? En littérature, en art, tout ce qui existe a sa loi; je suis à cet égard fataliste comme un Bédouin. Je n'en veux donc pas à nos journaux d'avoir moralisé leur feuilleton dans l'intérêt de leurs abonnés et des filles d'iceux. Mais, franchement, d'une nécessité commerciale, d'une condition d'abonnement, doit-on faire une question littéraire? Le livre est-il le journal? Mais non : le journal va chercher ses lecteurs, le livre attend les siens. Et parce qu'on a publié *Modeste Mignon* dans *le Journal des Débats* et *le Lis dans la vallée* dans *la Revue de Paris*, faut-il ne pas écrire *Splendeurs et Misères des courtisanes*, un des plus beaux livres d'analyse sociale qui aient été écrits en langue française?

Je vais faire une citation terrible, et l'on ne dira pas qu'à propos de littérature romantique je vais chercher mes autorités dans le camp des intéressés. Voici ce qu'écrivait en 1822, dans *le Journal des Débats*, Hoffmann, — non pas le fantastique, mais l'auteur des *Rendez-vous bourgeois*, — à propos d'une édition nouvelle de Régnier :

« Dans plusieurs cantons de la Normandie, j'ai entendu désigner une jeune fille très-honnête par un mot qui ferait dresser les cheveux, s'il était prononcé devant le public plein de pudeur de la capitale. Ce mot, que je n'oserais même désigner par la lettre initiale, n'est cependant que le féminin d'un autre mot que tout le monde prononce et qui indique un jeune homme non marié. Quand ce mot féminin a été appliqué à la débauche, le beau monde l'a rejeté avec horreur et lui a d'abord substitué le mot au son argentin dont j'ai parlé plus haut, et qui, dans son étymologie italienne, ne signifie qu'une très-petite fille. Il a été pendant quelque temps reçu même dans la bonne société ; mais ayant enfin été proscrit comme son prédécesseur, on l'a remplacé par le mot *fille*, qui était encore du bon ton au milieu du siècle dernier. Mais il était écrit là-haut sans doute que tout ce qui désigne ce sexe deviendrait une injure ; et ce sont les femmes elles-mêmes qui se sont calomniées en rejetant comme indécents tous les mots qui avaient ce caractère. Aujourd'hui, le mot *fille* est de si mauvais ton, qu'aucune mère, même dans les dernières classes du peuple, ne veut avoir de filles. J'ai deux garçons et deux demoiselles, nous dira la femme du dernier artisan. Mais voici bien autre chose : le mot *demoiselle* lui-même court de grands risques. Les nymphes qui font espalier dans certaines rues, quand Hespérus se lève sur l'horizon, se nomment les demoiselles de la rue Saint-Honoré, les demoiselles du Panorama ou du boulevard du Temple. Il n'y aura donc bientôt plus de demoiselles ; et c'est pour cela sans doute que depuis quelque temps on emploie le terme de *jeune personne*, car on prévoit que, dans vingt ou trente ans, le mot *demoiselle* fera frémir notre pudique postérité. Malheureusement, l'expression de *jeune personne* est une sottise, car le mot *personne* s'appliquant aux deux genres, un jeune garçon est aussi une jeune personne. Il faut donc chercher un autre mot, et, quel qu'il puisse être, il finira par avoir le sort de tous les autres. »

Voilà le danger signalé par un pur classique, par un écrivain qui traitait Shakspeare et Schiller de sauvages, et leurs traducteurs, MM. Guizot et de Barante, de barbares et de révolutionnaires. Certes, avec notre prétention de parler toujours pour tout le monde, — journaux pour tous, lectures pour tous, — nous finirons par ne plus faire ni livres, ni journaux. A force d'avoir toujours en vue les jeunes demoiselles, on finit par manquer de respect aux hommes et à so-même. On triche avec sa pensée, on falsifie la langue ; on se fait un langage hybride, arbitraire, tout d'allusions et de périphrases ; et cependant, comme l'observe judicieusement le feu rédacteur du *Journal de l'Empire*, les mots, en s'écartant de l'étymologie, perdent leur signification. On ne pourrait pas dire aujourd'hui quel tort a fait à la littérature, à la langue, combien d'intelligences, de talents a viciés cette préoccupation de plaire à toutes les classes et à tous les âges. Depuis que les mamans ont inventé *qu'on ne pouvait plus conduire sa fille à l'Exposition*, le commun des peintres a abandonné l'étude du nu pour s'adonner à des tricheries de costume, à des hypocrisies de sentiment bien autrement corruptrices que l'aspect de la nature vraie. Il fut un temps où les directeurs de journaux proscrivaient dans les romans jusqu'aux mots de maîtresse et d'adultère; et, au *Gymnase*, un vaudeville de M. Scribe, intitulé *Abailard et Héloïse*, — et qui ne mentait pas à son titre, — a passé sans difficulté. Voilà où nous en sommes. M. Baudelaire s'est mis sous la protection de quatre vers de d'Aubigné. Il aurait pu y ajouter cette franche déclaration de l'auteur d'*Albertus* :

> Et d'abord, j'en préviens les mères de famille,
> Ce que j'écris n'est pas pour les petites filles
> Dont on coupe le pain en tartines.

Les petites filles! les petites filles! Mon Dieu! n'y a-t-il pas une littérature pour les petites filles? n'y a-t-il pas des écrivains qui se dévouent par vocation ou par nécessité à composer de petites historiettes sans dard et sans venin? Est-ce qu'il n'y a pas des auteurs pour enfants et même des auteurs pour dames? L'ignorance est une vertu pour les filles, l'art n'est donc point fait pour elles. Faites-leur lire *l'Histoire des Voyages* ou *les Lettres édifiantes*; abonnez-les aux bibliothèques paroissiales; mais écartez d'elles tout livre qui a l'Art ou la passion pour but; vers, romans, pièces de théâtre, le meilleur n'en vaut rien pour elles. N'avons-nous pas vu récemment un écrivain religieux d'un grand zèle tenter « s'il ne serait pas possible de composer un roman avec des personnages, des sentiments et un langage chrétiens (1)? » Il a réussi à faire un bréviaire de séduction, où les filles les moins délurées et les plus pieuses apprendront à tromper la vigilance de leurs pa-

---

(1) *Corbin et d'Aubecourt*, par M. Louis Veuillot.

rents, et à forcer, par les moyens les moins catholiques, les cœurs qu'elles ont choisis.

IV

Je me laisse entraîner, je le sens, par ces considérations, un peu allongées peut-être, mais que je ne crois pas déplacées à propos d'un livre d'art, et que dans tous les cas je ne crois pas inutiles.

Il faut bien cependant que le public sache ce qu'est ce poëte terrible dont on veut lui faire peur. Pour nos lecteurs, heureusement, la connaissance est déjà faite : ils n'ont point oublié le magnifique extrait que *la Revue française* a donné des *Fleurs du mal* il y a trois mois (1). Ils m'ont donc déjà compris lorsque j'ai cherché à indiquer le caractère de cette poésie abondante dans sa sobriété, de cette forme serrée où parfois l'image fait explosion avec l'éclat soudain de la fleur d'aloès. M. Baudelaire excelle surtout, je l'ai dit, à donner une réalité vivante et brillante aux pensées, à matérialiser, à dramatiser l'abstraction. Cette qualité est frappante dès le second morceau, intitulé *Bénédiction*, où l'auteur présente l'action fécondante du malheur sur la vie du Poëte : il naît, et sa mère se désole d'avoir porté ce fruit sauvage, cet enfant si peu semblable aux autres et dont la destinée lui échappe ; il grandit, et sa femme le prend en dérision et en haine ; elle l'insulte, le trompe et le ruine ; mais le Poëte, à travers ces misères, continue de marcher vers son idéal, et la pièce se termine par un cantique doux et grave comme un final d'Haydn :

> Vers le Ciel où son œil voit un trône splendide,
> Le Poëte serein lève ses bras pieux,
> Et les vastes éclairs de son esprit lucide
> Lui dérobent l'aspect des peuples furieux :

(1) 20 avril.

« — Soyez béni, mon Dieu, qui donnez la souffrance
Comme un divin remède à nos impuretés,
Et comme la meilleure et la plus pure essence
Qui prépare les forts aux saintes voluptés !

Je sais que vous gardez une place au Poëte
Dans les rangs bienheureux des saintes Légions,
Et que vous l'invitez à l'éternelle fête
Des Trônes, des Vertus, des Dominations.

Je sais que la douleur est la noblesse unique
Où ne mordront jamais la terre et les enfers,
Et qu'il faut pour tresser ma couronne mystique
Imposer tous les temps et tous les univers.

Mais les bijoux perdus de l'antique Palmyre,
Les métaux inconnus, les perles de la mer,
Montés par votre main, ne pourraient pas suffire
A ce beau diadème éblouissant et clair.

Car il ne sera fait que de pure lumière
Puisée au foyer saint des rayons primitifs,
Et dont les yeux mortels, dans leur splendeur entière,
Ne sont que des miroirs obscurcis et plaintifs ! »

Je ne crois pas que jamais plus beau cantique ait été chanté à la gloire du Poëte, ni qu'on ait jamais exprimé en plus beaux vers la noblesse de la douleur et la résignation des âmes privilégiées.

La pièce vingt et unième (*Parfum exotique*) est remarquable par cette faculté d'arrêter l'insaisissable et de donner une réalité pittoresque aux sensations les plus subtiles et les plus fugaces. Le poëte assis près de sa maîtresse, par un beau soir d'automne, sent monter à son cerveau un parfum tiède qui l'enivre ; il trouve à ce parfum quelque chose d'étrange et d'*exotique*, qui le fait rêver à des pays lointains : et aussitôt dans le miroir de sa pensée se déroulent des *rivages heureux, éblouis par les feux du soleil*, des îlots *paresseux* plantés d'arbres *singuliers*, des Indiens au corps mince et vigoureux, des femmes au regard hardi :

> Un port rempli de voiles et de mâts
> Encor tout fatigués par la vague marine,
>
> Pendant que le parfum des verts tamariniers,
> Qui circule dans l'air et m'enfle la narine,
> Se mêle dans mon âme au chant des mariniers !

Si je voulais citer d'autres preuves de cette rare faculté de magie et de création pittoresque, les exemples afflueraient sous ma plume. Contraint de me borner, pour avoir été trop bavard, je ne puis que renvoyer les lecteurs aux pièces intitulées *les Phares*, *la Muse malade*, *le Guignon*, *la Vie antérieure*, *De profundis clamavi*, *le Balcon*, *la Cloche fêlée*, etc.

J'ai parlé du don d'évocation comme d'un des plus particuliers à l'auteur des *Fleurs du mal*. — Un crime a été commis ; la police pénètre dans un appartement clos et mystérieux, où, parmi les splendeurs du luxe et de la volupté la plus délicate, un cadavre de femme gît sur un lit, la tête séparée du tronc. — De quel crime ténébreux, se demande le poëte, cette malheureuse a-t-elle été victime? À quelle passion monstrueuse a-t-elle été sacrifiée? — Et tout aussitôt la chambre mystérieuse, avec son atmosphère malsaine, l'alcôve coquette où ruisselle un corps mutilé au milieu des meubles dorés, des divans soyeux, des bouquets qui se fanent dans les vases, apparaissent avec la puissance d'une peinture sinistre et dont la mémoire gardera la terreur.

La terreur, je l'ai dit, car il est temps d'expliquer l'énigme de ce titre et de quelques-unes des inspirations de l'auteur. Nous sommes tellement accoutumés à être lâchement encensés ; on nous a tant de fois répété à tous, grands ou petits, poëtes, artistes, bourgeois, que nous sommes les plus vertueux, les plus parfaits, les plus délicats, qu'un poëte qui vient nous secouer dans notre satisfaction hypocrite ou indolente nous fait peur ou nous irrite. Les *Fleurs du mal?* les voici :

c'est le spleen, la mélancolie impuissante, c'est l'esprit de révolte, c'est le vice, c'est la sensualité, c'est l'hypocrisie, c'est la lâcheté. Or, n'est-il pas vrai que souvent nos vertus mêmes naissent de leurs contraires? que notre courage naît du découragement, notre énergie de la faiblesse, notre sobriété de l'intempérance, notre foi de l'incrédulité? Aurions-nous la prétention de valoir mieux que ne valaient nos pères? La société actuelle vaut-elle mieux que celles de Louis XIV et de Henri IV? Pourquoi donc ne supporterait-elle pas une fois ce que celles-là ont toujours supporté de bonne grâce? Et pourquoi ce fouet sanglant, que l'auteur des *Iambes*, le dernier, a manié avec tant de vigueur et de franchise, ne viendrait-il pas nous rappeler que le poëte n'est pas nécessairement un douceâtre et un thuriféraire?

Au surplus, ce fouet, M. Baudelaire ne l'a pas toujours à la main ; il n'est pas toujours ironique ou satirique ; on l'a pu voir par les extraits que j'ai donnés plus haut ; on l'a pu voir par les pièces insérées il y a trois mois dans *la Revue française*.

Comme transition à des idées moins noires et comme conclusion, je citerai le sonnet suivant qui est à lui seul la clef et la moralité du livre. Il a pour titre l'Ennemi :

Ma jeunesse ne fut qu'un ténébreux orage,
Traversé çà et là par de brillants soleils ;
Le tonnerre et la pluie ont fait un tel ravage,
Qu'il reste en mon jardin bien peu de fruits vermeils.

Voilà que j'ai touché l'automne des idées,
Et qu'il faut employer la pelle et les râteaux
Pour rassembler à neuf les terres inondées
Où l'eau creuse des trous grands comme des tombeaux.

Et qui sait si les fleurs nouvelles que je rêve
Trouveront dans ce sol lavé comme une grève
Le mystique aliment qui ferait leur vigueur?

O douleur! ô douleur! le temps mange la vie,
Et l'obscur ennemi qui nous ronge le cœur
Du sang que nous perdons croît et se fortifie!

Je n'ai que peu de chose à dire de la plastique de M. Charles Baudelaire. Elle est souvent parfaite; parfois aussi il se permet des audaces, des négligences, des violences qu'explique la nature toute spontanée de son inspiration.

Sa phrase poétique n'est pas, comme celle de M. Théodore de Banville, par exemple, le développement large et calme d'une pensée maîtresse d'elle-même. Ce qui chez l'un découle d'un amour savant et puissant de la forme est produit chez l'autre par l'intensité et par la spontanéité de la passion. Et, puisque j'ai nommé M. Théodore de Banville, je rappellerai ce que je disais il y a un an, ici même, à propos de ses *Odelettes* : « Des deux grands principes posés au commencement de ce siècle, la recherche du sentiment moderne et le rajeunissement de la langue poétique, M. de Banville a retenu le second... » Dans ma pensée, je retenais le premier pour M. Charles Baudelaire.

L'un et l'autre représentent hautement les deux tendances de la poésie contemporaine. Ils pourront servir de bornes lumineuses à une nouvelle génération de coureurs poétiques.

Cette considération m'a guidé dans les pages qui précèdent. Une autre m'aidera à conclure.

La *Revue française* n'est ni une coterie, ni une école; c'est une tribune libre où l'on n'a d'intérêt que pour l'art, de camaraderie que pour le talent. En célébrant, avec quelque pompe peut-être, l'avénement d'un poète, en traitant avec quelques développements une question d'art, j'étais sûr de ne pécher que dans le sens de son programme.

CHARLES ASSELINEAU.

Paris. — Imprimerie de Mme Ve Dondey-Dupré, rue Saint-Louis, 46, au Marais.